골령골에 사는 하수오

골령골에 사는 하수오

신현갑 시집

개미

지난해 12월 온라인으로 열린 세계보건기구의 제10
차 건강증진국제회의와 제네바 선언의 주제가 웰빙(well-
being)이었습니다. 미국의 대표적인 보건의료 분야 비영
리단체인 로버트우드존슨재단에서도 웰빙을 주제로 한
단행본 시리즈를 내고 있다는 사실에 근거해 지구촌 곳
곳에서 건강과 웰빙 사회(well-being society)가 화두로 일
어났습니다. 이에 정신건강, 사회적 웰빙과 형평성에 대
한 논의가 계속되었고 코로나19 유행 이후 회복력 있는
사회의 중요성에 대한 강조가 주를 이루며 해를 거듭할
수록 더욱 일상화되었습니다.

또한 OECD국가 중 자살률이 높고, 입시와 경쟁으로
인한 청소년의 정신건강문제, 1인 가구 증가로 인한 외
로움의 문제, 사스, 메르스, 코로나19 등 신종 감염병으
로 인한 스트레스 우울감 등은 장애 · 비장애 문제만이
아님은 주지의 사실입니다. 이러한 문제의 해결을 위해
서는 정부나 지방정부 그리고 현장에서의 우리의 삶과

일상을 바꿔 나가는 다층적 접근이 필요합니다. 그러한 노력이 성과를 이루어 낸 곳이 전문예술단체 〈장애인인식개선오늘〉입니다. 전문예술단체 〈장애인인식개선오늘〉에서 일련의 노력으로 이어 온 '대한민국장애인창작집발간' 사업은 장애인의 창작활동을 지원하고 장애인문학의 대중성을 확보하는 선구적 혜안의 선택이었습니다.

2022년 전문예술단체 〈장애인인식개선오늘〉은 제17회 대한민국장애인문화예술대상 최우수상인 국무총리표창을 수상하는 뜻깊은 성과를 거두었습니다. 장애인문학의 성장을 이끌어내고 장애인문화운동의 대중화와 장애 · 비장애 소통을 위해《문학마당》을 지속적으로 발행해 온 꾸준한 노력의 결과입니다. 이러한 장애인문학 창달에 공로가 있어 표창한다는 공적 사실은 대전광역시와 재)대전문화재단의 장애인창작활동지원사업이 공적인 기록으로 남겨지는 빛을 발하게 되었습니다. 이로써 타 시도 지방정부와 비교해 대전광역시가 장애인문화운동의 중심이자 거버넌스 구축의 현장임에 분명해짐은 물론이고 사업의 지속성과 더한 노력이 각별하게 요구되며 큰 비전을 통해 새로운 성과를 모색해야 되는 시점에 이르렀습니다.

그동안 전문예술단체 〈장애인인식개선오늘〉은 '사회

적 가치'에 관한 학술적 접근을 시도했고 한국 사회적 경제, 사회적 가치, 공유경제, 공유재로서의 장애인문화운동의 성과를 드러낸 중요한 연구분석 결과물과 2022년 창작집 4종 4,000권을 발행했습니다. 결국 이는 이해당사자인 장애인들의 권익의 문제이고 '사회적 함의'를 통한 장애인인식개선을 위한 장애인문화운동임이 분명합니다. 참여한 모든 이들의 치열한 노력이 비록 민·관의 밑빠진 독에 물붓기의 지난한 노력이라 할지라도 공공의 선을 위한 눈물겨운 약속이자 어려움과 고통을 견디는 뜨거운 사회공헌이었음을 밝힙니다.

2022년 12월
전문예술단체 〈장애인인식개선오늘〉
대표 박재홍

시인에게 있어서 삶은 '지난함을 견디는 것이다' 라고
특정한다면 장애인문화운동과는 일맥 상통하는 것이 있
을 것 같습니다. 장애인에게 있어서 문학은 자기구원이
었듯이 저도 제 삶에 지난함을 견디는 힘은 시였다고 고
백할 수 있겠습니다.

대전광역시와 대전문화재단이 후원하고 전문예술단체
〈장애인인식개선오늘〉이 주최하는 '대한민국장애인창작
집발간사업' 에 선정되어 개인 시집이 발간하게 되어 진
심으로 감사를 드립니다. 장애인 단체에서 이동지원 운
전사로 근무를 하며 만나게 되는 일상에 사회구성원으로
서 많은 생각을 갖게 되었고 이를 문학적 형상화를 통해
내 삶을 비추어 봄으로써 세상을 바라보는 시선이 얼음
밑을 지나는 봄물처럼 이해하게 되었습니다.

모쪼록 이번 계기를 통하여 장애인문화운동의 거점도
시인 대전광역시에서 장애인문학의 전문성, 대중화, 창

의적 역량 강화에 일원이 되어 미력하나마 도움이 되길
바랍니다.

2022. 12.
신현갑

골령골에 사는 하수오

차례

1부

시월의 첫날

물들어 가는 단풍에 여름이 아쉽고 가을이 오는구나 고색의 마른 잎새로 겨울을 준비하자 숲은 제 순환의 방식대로 또 한 계절을 보내고 다시 또 오는 계절의 채비를 한다 이 숲을 내려서면 시월의 첫날이다

당신

   돌아누운 여윈 어깨를 쓰다듬는 당신의 손길에 낡은 배갯잇 적실 뿐 돌아보지 못하였습니다 그렇게 떠났습니다 가버린 하늘은 황량하기만 하고 헤진 흰 옷매무새 파고드는 차가운 바람은 시리도록 아프게 가슴을 저밉니다 아까시 꽃향에 수줍어 발개지다가 종다리 깝죽질엔 까르르 웃다가 저녁 바람에 밤꽃 향내 올라서면 품이 그리워 푸른 옷섶에 이슬 적십니다 먹구름은 하늘을 가리고 큰 소리쳐 잊으라 합니다 잊을 수 있겠습니까 퍼붓는 빗줄기 생살을 후벼파도 향한 그리움은 뼛속 깊이 새겨질 것을 하늘이 파랗게 높아가던 날 산들바람에 그윽한 향내음 실어 보내오시니 오늘밤엔 용납되어도 좋습니다 실개울에 노둣돌을 놓고 싸립문 열어 기다립니다 기다림에 지쳐 깜박 잠이 들었거든 살며시 바람이 되어 주셔도 좋습니다

교통사고

　나이롱 환자는 옛말 외출도 면회도 자유롭지 않은 교
도소 같은 입원치료에 갑갑증을 못이겨 몸 아픈 곳 뒤로
미루며 도망치듯 퇴원을 하니 모가지는 녹슨 고철처럼
삐그덕거리고 어깨는 나사가 빠진 것처럼 우두둑거리는
것이 영 시원치 않고 가슴마저 담이 걸린 듯 답답하다 바
람이나 쐬자고 나선 발길은 습관처럼 장태산을 오르는데
숲에서는 벌써 솔바람이 상연하고 발밑에서는 싸리버섯
이 선뜻 반겨준다 불편한 몸으로 나선 산행 길 병원에서
얻은 마음의 병 하나를 내려놓고 하행을 서두른다

가시나무

　자식의 무덤가에 가시나무는 어찌 이리도 또 무성히
자라났는지 어미의 가슴속에도 내내 뽑히지 않을 가시나
무 한 그루 밑둥은 더 굵어지겠다 못내 서러운 엄마는 몇
날 며칠을 덩굴가시 덮고 눕겠다

이른 장마

퍼붓는 장맛비 반지하방에 깃들어 살던 장애인 일가족을 덮쳤단다 누구도 돌보지 않은 그들의 죽음에 어째서 못 빠져 나왔습니까 라고 되묻는 기사에 하늘을 향해 올려다보며 나도 모르게 돌북을 치듯이 제가슴을 치고 있었습니다

적벽강에서

길게 늘어선 미류나무 도열하며 반기는 적벽강 노을이
지니 금강이 적벽에 이르렀음을 알겠다 세월 속으로만
삭이던 눈물을 알겠다 개벽을 보려거든 강돌이 붉은 땀
방울을 흘려야 하는지 묻고 싶지만 한여름 아이들 웃음
만 물장구를 친다

땅벌

　산능성이에 휘젓는 시나위 여운의 청도라지꽃에 홀려
산비탈을 내려서는데 미쳤지 붕붕거리며 땅벌 무리들이
새까맣게 날아오른다 엄습하는 공포에 몸뚱아리는 굳어
버리고 정신이 아찔해지는데 감히 허락도 없이 영역을
침범했으니 변명은 이미 때늦은 것 제발 용서해 달라 빌
며 빌었다

동병상련

연일 36°를 오르내리는 도심 속 열기와 척박한 토양
속에서 하루하루가 사투였을 흙지렁이 한 마리가 보도블
럭 위에서 몸을 뒤틀며 고통스러워하고 있는데 투영된
내 얼굴이 있었다 끝도 없이 치솟는 물가에 내년에도 월
200만 원이 안되는 월급봉투 걱정으로 발걸음이 무거운
출근길 동병상련인가 흙지렁이를 그늘에 옮겨 놓고서야
가던 길을 재촉한다

비설거지

눈물을 보이지 않으려니 하늘이 대신 울어주고 있었다 맑은 하늘 여우비 속에 눈물이 되어 흐르는 것은 빗물인가 땀방울인가 제주에서 할아버지를 찾아 올라온 손자는 땀에 젖어 한 벌밖에 없는 옷을 탓하고 그렁이는 눈망울에 신발도 신지 않은 여인은 훌쩍이며 바삐 이곳저곳을 뛰어다니고 있었다 긴 장마의 시작을 알리는 6월의 골령골에는 또다시 하늘을 원망하며 부서진 유골들이 행여 젖을세라 비설거지가 엄숙하기만 하였다

골령골에 사는 하수오

골령골에 숨은 뼈마디에 뿌리를 내린 하수오 그 잎새 살았을 때 심장을 닮은 것은 무슨 까닭인가 놀라고 묻힌 이야기로 슬픔이 너무 커서 살아남은 이들은 말없이 묵은 세월을 되짚어 이리 더듬고만 있는데

가해자가 없단다

단비

　한여름이다 뙤약볕 아래 운동장 벌 받는 유년처럼 고
개 떨구고 잎새 말아 쥔 채 쓰러지지 않으려던 들풀의 긴
가뭄 끝 단비는 들풀의 마음의 행간을 읽은 것이겠지?

다리

새 다리가 만들어져 헌 다리가 되었어도 다리는 물살도 세월도 거스르지 않는다 기억을 간직한 채 제자리를 지키고 있는 것이다 한철 물놀이 하던 한철 썰매를 타던 추억을 찾아 흔다리 위를 가늠하고 서성대는데 자꾸 얼굴 새카만 옛 동무들 자맥질하며 손짓을 한다 그런 날은 옛 친구 불러 갑천가에 있는 선술집에 앉아 달빛 토해내는 물여울도 좋겠다 하염없이 맑아지는 소주 맛도 한창이라면 더 좋겠다

소확행

　어린이날이다 다 컸다는 듯 보채는 아이들 없어 호젓
이 나선 길은 산 아래 유원지 가족 나들이객 부러워 잠시
눈길 주다가 멧돼지 마실 길 따라 가다보면 멧돼지 일궈
논 먹이터에 몇 해 전 뿌려놓은 장뇌삼도 생각나고 노루
산책길 따라 가는 길엔 노루 뿔 갈이 나무 밑에 도라지
씨 한 줌 뿌려 놓으면 좋겠다는 생각이 들었다

밤톨버섯

　지난가을 다람쥐가 매달아 놨나 죽은 소나무 둥치에
귀신처럼 토실한 밤톨들이 매달려 있다 서너 개 따니 한
손엔 벌써 그득하고 코끝엔 솔향이 흠씬하다 차로 만들
어 우려내면 집안에 솔내음 그윽하고 솔숲을 걷겠다

뻐꾹새

  한 번도 품어 본 적 없는 새끼가 보고 싶으면 우나보다
한 번도 안겨 본 적 없이 어미 품이 그리운 듯 운단다 키
워준 새끼가 떠날까 두려운 듯 뱁새도 따라 운단다 뻐꾹
뻐억꾹 째쩍 째액쩍 골령골엔 새소리마저 애닮고 애상스
럽다

2부

나는 장애인 이동지원차량을 운전하는 운전사다

    그는 오늘도 의지대로 움직이지 않는 근육을 재활치료로 단련하며 유지하고 있다 지쳐가는 의지를 동료들과 함께 다독이면서 하이 빅스비를 불러 자신을 관리한다 인공지능 빅스비와 나누는 매번 안녕하세요 감사합니다의 반복에 장애를 멍에처럼 짊어진 그에게 결기에 찬 생존으로 이끌며 점점 더 굳어지는 손가락을 움직여 전동휠체어를 전진시킨다 그의 등을 볼 때마다 그는 지금 사력을 다해 자유를 찾아가고 있다는 것에 공감한다

봄날은 간다

고사리 꺾으며 봄 따라 나섰는데 봄은 벌써 진초록 치
맛단 살랑거리며 저 먼 산등에 올라 서 있다 산 손님은
앞서간 봄에게 나뭇가지처럼 손 흔들다 흰 여울에 비친
세월만큼 조팝꽃 같은 흰머리에 애닯다

이름 모를 들꽃

누가 지어준지 모르는 그 이름 왜곡 없는 시선으로 볼
수 있어 좋다 편견 없는 것만큼 당신을 느낄 수 있어 좋
다 이슬 머금은 눈망울 같은 꽃망울 밤새 찬이슬을 견뎌
낸 영롱한 흔적이 있어서 젖은 꽃망울 처연하기까지 하
다 잊을 수 없는 그 사람처럼 기억되고 있다

고사리를 꺾으며

양지녘 무덤가에 하나둘 깃대처럼 새순을 올리는 고사
리 하나를 끊으면 둘이 되고 둘을 끊으면 넷이 되고 밟을
수록 뿌리 여무져서 결국에는 제 세상을 둔덕을 만드는
구나 민중의 삶도 너와 같아 억압과 시련 속에 단련되어
기어코 함께하는 세상을 꿈꾸며 봄날 여린 고사리를 꺾
으며 더듬는 생각이 있다

벌초

양지녘 산등엔 할미꽃이 어미를 기다렸다는 듯 활짝 피었는데 저만치 손짓하는 자식에게로 향하는 어미는 가시덤불을 무작정 헤쳐가려하고 그리움 새겨 놓은 묘지석 곁에도 가시나무가 자라 있구나 가시나무 손가락을 찌르는 아픔이야 자식 먼저 보낸 어미의 슬픔에는 어찌 비할 수 있을까마는

공굴안 가는 길

철길 아래 공굴을 지나 맑은 개울물 따라 복사꽃 흐드
러지던 산 언덕길 하얀 찔레꽃 피던 날 살찐 찔레순은 옥
수수대보다도 더 달고도 맛있었지 빨갛게 복숭아 익던
날 서리하던 복숭아는 왜 그리도 시큼떨떠름하기만 하던
지 어느 보름달 휘황하던 밤 관솔불빛 아래 거울 같은 실
개울 속엔 가재들이 기어다니고 주먹만한 가재가 물 끓
어 오르는 주전자 속에서 빨갛게 익어갈 때 동네 어른들
은 말도 없이 사라진 아이들을 찾아 온 동네를 찾아 다녔
더랬지 철커덩거리며 달리던 완행열차는 어릴 적 추억을
싣고 멀어져 가버리고 쏜 화살처럼 고속열차가 달려가는
공굴안 작고 초라한 이정표가 발길을 멈추게 한다

코로나19

햇살 따스운 월요일 아침 도심 속 공원엔 목련꽃 매화
꽃 동백꽃 생강나무꽃 민들레꽃 온갖 봄꽃들이 활짝 일
어났는데 마스크를 쓴 사람들의 작은 어깨 위로는 코로
나 바이러스 이야기가 여전히 꽃샘추위처럼 맴돌고 일상
처럼 또 한 명의 동료가 격리되었다 따뜻한 봄이 오면 더
운 여름이 오면 꽃보다 코로나

월척을 꿈꾸며

휘어지는 낚싯대 울어대는 낚싯줄 짜릿한 손맛은 바늘
에 주둥이가 꿰인 붕어의 통점 없는 전율 통점없는 기다
림의 주인의 끊을 수 없는 중독 같은 역설 속으로 다시
미끼를 담근다

봄까치꽃

흐린 봄날 들녘에 봄마중 나가보니 푸슬한 겉흙 속 땅
심은 꽁꽁 얼어있다 지칭개 굵고 곧은 뿌리 캐다가 뚝뚝
끊어낸 것이 한겨울을 언 땅에서 이겨낸 곧은 심지를 잘
라낸 것마냥 매정하여 서투른 호미질을 내려 놓으니 흙
속에 보라빛으로 자수정처럼 박힌 꽃들이 보인다 개불알
꽃이다 나에게는 언 땅에 봄을 불러다 주는 봄까치꽃이
다

산행

골인점이 멀지 않은데 앞서거니 뒤서거니 바삐 뛰어도 오십보백보로구나 멀리 출발선에서 이제 막 몸 풀며 첫걸음 내딛는 자 있으니 그 눈길은 골인점을 너머 천리를 내다보는 듯하고 그 걸음은 허투르지 않아 성글은 보리밭을 밟는 듯하구나 산을 탄다는 것은 이 놀이판 끝나기 전 그 느리고 무거운 걸음 어디쯤 있을까 가늠하여 조급하지 않고 마지막까지 자중자애가 필요하다는 것을 산행을 하면서 배웠다

노루벌의 봄

나이가 들었나 봄바람 불더니 갈잎새 노래하듯이 얼음 밑 잠자던 피라미 떼를 깨웠나 보다 햇살 아래 한낮을 맑은 얼음 장막 속 피라미 떼는 현란한 매스게임을 펼치고 봄맞이 향연을 벌이고 있는데 나는 봄에 취해 피라미 떼의 군무를 쫓으며 물풀처럼 양팔을 일렁거리며 놀고 있다

정월대보름

달집은 온 들녘을 밝힐 듯 환하게 타오르고 불 깡통 꼬리는 달을 향해 인사하듯 긴 포물선을 그었다 따갑도록 환하던 달집도 스러져 희미한 밑불만 깜빡일쯤 엄마가 떠준 나이롱 새 털옷 구멍이 숭숭 누런 내복이 불티처럼 반짝거리고 구멍 난 나이롱 새 옷 이불 속에 숨겨놓고 잠든 밤 불 깡통 꼬리는 달을 향해 끝없이 날고 달도 아이도 환하게 웃고 있었다

얼음새꽃

하얀 눈 속 가녀린 목 길게 세워 하늘 향해 샛노란 얼
굴 쳐들고 선 얼음새꽃 보름달 빛 숨어드는 개여울 달빛
여울지던 알몸인 듯 신비롭고 너 이 겨울에 노란 연지곤
지 찍고 환한 미소 지으며 유혹하니 아프로디테가 되어
도둑처럼 오는구나

겨울낙엽

겨울바람에 친구들 모두 이리저리 휩쓸려 다녀도 나는 홀로 겨울바람에 맞설래요 잎줄기는 거친 돌뿌리에 꽉 박아 넣고서 메마른 잎몸은 찢어지고 가시 같은 잎줄기 마저 부서진다 해도 바르르 바르르 앙탈을 부리며 겨울 바람에 맞설래요 이 돌 틈에 작은 밑거름 되어 새봄엔 민들레 꽃 피울래요

동강에 침잠하다

　선잠에 뒤척이다 게으르게 눈뜬 아침 태양은 손바닥
만한 하늘에 올라서서 얼굴을 빨갛게 물들이고 동강은
얼음 우는 소리로 크게 호통을 친다 동강은 내 기억에 있
기로 강물처럼 청청히 살라거나 얼어붙은 강물 밑을 흐
르듯 유유히 살라 하지만 얼음 우는 소리는 앞산에 메아
리로 되돌아오며 나에게 살얼음판 위 위태로운 침잠을
깨운다 가족 때문인가 보다

3부

염려

　가을 단풍은 아직 제 빛깔 들지 않았는데 무에 그리 성급한가 흰 눈이 하얀 낙엽처럼 내리고 엉켜버린 계절 속 잔뜩 찌푸린 하늘 아래서 몸이 불편한 사람들이 마음 불편하지 않기를 일벌처럼 일상에 웽웽거리는 겨울바람처럼 수런스럽지 않기를 잔뜩 날서거나 드세고 차갑지 않기를 감정노동자는 눈뜨면 드는 걱정이다

가을산

빈바랑 털털거리며 내려서는 산행길 잔뜩 독 오른 쇠살무사 한 마리 갑자기 툭 튀어 오르며 지팡이를 공격 한다 낯선 침입자에 한 치도 물러서지 않는 채 똬리를 틀고 고개를 바짝 쳐들고는 쉭쉭거리는 녀석 그 조금도 물러서지 않는 당당함에 고개 숙이고 녀석의 영토를 비켜 돌아 내려섰는데 잦은 가을비로 추수를 하지 못하고 있는지 누렇게 벼 익는 들판도 잔뜩 고개를 숙이고 있다

우중산행(雨中山行) 1

후두둑 갈참나무 잎새를 타고 떨어지는 가을비가 보송
보송하고 뽀얗던 능이의 성글은 갓에 떨어지더니 능이도
어느새 진한 갈잎의 색으로 바뀌었나보다 산객은 발밑의
보물을 보지 못하고 날씨 탓만 하며 헛된 발품만 팔고 있
는데 산능성이에 쇠살무사만 비 개인 오후 여여하다

우중산행 2

천둥소리는 더위에 숨죽였던 초목을 깨우고 빗줄기는
메말랐던 마른 잎새를 흠씬 적시며 빗소리는 이윽고 열
릴 푸르른 세상을 노래한다 나뭇잎 우산 아래 비를 긋는
산객도 산뜻한 숲 내음에 취해 다시 또 푸르른 생명이 숨
쉬게 될 세상이 아랫녘 세상에 이르길 기원한다

탑정호 봄

탑정호의 봄날 물안개 걷힐 즈음이면 알배기 붕어가 갈대밭에 몸을 비비며 벌렁거리고 노을빛에 물비늘이 금빛으로 반짝이면 수면 위로는 제비들이 스치듯 날아다녔다 써레질한 무논에 물꼬를 보러온 후덕한 농군 제 집 논둑에 받침대를 꽂아놓은 낚시꾼을 탓하지 않고 담배 한 개비에도 붕어 조황을 일러주었다 물 좋고 정 많던 시절이 30여 년 지난 지금의 탑정호는 유원지가 되어버려 호수를 반으로 갈라놓은 출렁다리는 장마철 웅덩이에 가로놓인 개미다리처럼 사람들을 줄을 세우고 갈대숲에는 둘레길을 울타리처럼 둘러쳐 쇠물닭도 물오리도 접근금지다 붕어는 쫓겨나고 제비도 떠나버린 옛정 많던 사람들마저 모두가 돌아올 수 없는 젠트리피케이션이 되어버린 탑정호의 봄날 카페의 처마 밑에는 집을 지으려 하는 제비의 날갯짓이 고달프고 호숫가에는 낚시꾼들 돌아오지 않는 붕어를 기다리며 하세월이다

산새가 잠들면

신새벽에 날갯짓하며 나선 하루의 긴 여정 길을 되돌아 온 곳은 맑은 흰여울 한 줄 흐르는 안온한 골짜기 산새들은 내일도 먼 새벽길을 떠나가는 행자처럼 이른 잠을 청하고 어스름 달빛 속 바람도 에돌아가는데 산새들 뒤척이는 날갯짓에 올망졸망 아기 삼형제들도 산들산들 다섯 잎새 살랑이며 아침을 기다린다

하수오

　한적한 시골 마을 오솔길 옆에 뿌리 내린 하수오 길가에 나래비 선 박주가리들 벌써 울타리를 타고 하늘을 오르는데 너는 정작 덩굴손 하나 걸칠데 없어 땅바닥을 기고 있구나 장삼이사처럼 박주가리와 섞이고 땅바닥을 기며 살아온 네 깊은 뿌리 알알이 굵게 영근 것은 이제껏 한번도 열매 맺지 못한 슬픔이 심지되어 주저앉은 것인가 언젠가 맡게 될 잘 익은 술 향내 속에서 그 답을 들을 수는 있을까

칼날을 버리며

오랜만이다 남도에 이르러 지인의 돌아가신 아버지가 쓰셨던 끌 몇 개와 손칼 하나를 얻어온 길이다 늦은 밤 몸은 피곤하지만 망자의 손때 묻은 공구들을 꺼내 놓았다 끌은 사포질로 녹을 털어내고 손칼의 손잡이에 감겨진 먼지 쌓인 붕대를 풀어내다 보니 검붉은 반점 하나가 방금 전에 배어든 핏물인 양 확연하다 깊은 밤 망자의 노동이 핏물로 배인 무디어진 손칼을 숫돌에 가는데 쓱싹이는 소리가 제문을 읽는 듯하여 붕대 손잡이를 움켜 잡은 손은 점점 더 조심스럽고 마음마저 숙연해진다

여자만

비어버린 가슴처럼 물 빠진 갯벌은 회색빛으로 끝도 없이 멀고 넓기만 한데 어느새 밀물 때인가 뻘밭 저 멀리서 점점이 뭍으로 돌아오는 아낙들이 있다 지표 없이 넓은 여자만의 갯펄 빈 썰배에 몸을 싣고 꼬막을 찾아간 지난한 길 되돌아 오는 고단한 하루가 외다리로 지치는 발길질이 집을 향하고 그 뒤로 멀리서 밀물이 들어서고 있었다

쥐불놀이

보름에 중천에 이른 달을 보면 깡통에 가득한 불길을 들고서 쥐불놀이가 시작되었다 재미에 정신없던 친구들이 상기된 표정으로 모닥불가로 모여 앉았다 대보름 달빛에 얼비친 양푼 속에는 집집마다 돌며 얻어온 이야기가 오곡밥이 되어 가득하고 수저 하나씩 들고서 어설피 비빈 밥숟가락이 입 모양을 차오른 달모냥으로 빚어냈다

입춘날 새벽

 눈 내리는 새벽 담장에 기댄 가로등불이 희뿌연하다
조급한 닭 울음소리 아쉬울 무렵 어둠만 슬그머니 도망
을 홰를 친 마당에 새벽을 본다 불 꺼진 쪽방에서 활연의
새벽을 밤새 기다리다 지쳐 잠이 든 이를 등지고 결기로
상기된 얼굴로 대문 밖을 나서는데 싸늘한 봄기운이 담
장 너머로 기웃기웃 눈치만 살피고 있다

실업자의 하루

　이력서에 자격증 하나 더 얹어 구색 갖추고 자소서에 성실하게 살아온 인생 강조하고 입사 후 포부란에 시키는 일 열심히 잘 하겠다가 다녔던 서류를 살피며 뒤적인다 오늘도 출근하듯 찾은 고용노동부 홈피에는 코로나 팬데믹으로 실업 이야기가 가득하고 습관처럼 컨 TV뉴스에선 노란 옷의 신자유주의 수호자들이 마스크로 얼굴을 가린 채 제3차 재난지원금 지급을 설파하고 있다

새벽을 기다린다

긴 어둠을 뚫고 열차의 헤드라이트 빛줄기가 차갑게
얼어붙은 도시를 가른다 쏟아지는 빛줄기는 음습한 어둠
을 파열하며 구멍을 내고 철거덕이는 레일 소리는 무거
운 어둠을 깨뜨리며 달려들더니 순간 하얗게 어둠이 폭
발하듯 아뜩해지고 말았다 볼을 때리는 차가운 눈발에
눈을 떴을 때 열차는 멀어져가고 뒤꽁무늬엔 질척한 어
둠이 우악스럽게 흰 눈을 삼키며 쫓아가고 있었다 허망
하게 되돌아선 불 꺼진 방안에는 또각또각 새벽으로 한
걸음씩 천천히 내딛는 시계 초침 소리만 점점 더 명징하
게 커져 간다

한해를 보내며

파란 바다 날선 파도는 달음박질치며 포말로 부서지고
살을 베일 듯 차가운 바람은 옷깃을 여미게 하는데 나는
무엇을 간절히 소망하는가 사람들 떠난 겨울 바다에서
삼삼오오 사람들이 작은 등이 배인 옷섶을 열어 바람을
막아 촛불 같은 바람 하나를 지피려 한다 흔들리는 촛불
을 품어 안고 선 그이의 얼굴이 발개지고 맑아진 두 눈이
멀리 수평선을 바라볼 때에 망상어의 벗겨진 비늘처럼
휑한 가슴에 더운 바람 한 줄 쑤욱 밀고 들어온다

홍시

감나무는 아찔하게 높고 후들거리는 다리로 올라서는
장대 끝 닿을 듯 말 듯 한 홍시는 금단의 열매 같았다 입
안 가득 달큰한 맛이 몽환적이다 며칠 사이 남겨둔 까치
밥이 툭 하고 터져 흐르며 노을 속으로 숨었다 땡감처럼
푸르기만 했던 나도 반백의 소년이 되었다

4부

골령골 이야기

　서산에 지는 해 붉은 눈물 방울을 떨구며 산등선을 검
붉게 적시고 저녁 범종소리도 온산을 울리며 떠도는 원
혼을 달래듯 숙연한데 핏빛으로 물드는 골령골 골마다
감춰진 억울한 죽음 침묵으로 일관하던 입을 열어 노을
이 바람을 통해 전해주듯이 전모가 드러났다

소나기 지난 후에

먹구름 몰려오더니 어둔 골짜기에 퍼붓는 소낙비 소리
가 계곡 물소리를 삼켜 버리기를 얼마나 됐을까 산안개
자욱히 산등을 오르고 산새 울음 뒤따르더니 절벽 위 소
나무 가지에 산안개 너울거린다 나뭇잎 아래 비를 맞던
산비둘기 젖은 가슴 위로도 애가 끓어 더운 김이 피어오
르니 오름 따라 하늘에 올라 발원이 되려나

관솔

이미 굽어진 삶은 썩어 문드러져도 한 줄 싯푸른 꿈은
옹골지게도 박혔구나 핏물처럼 흐르다 호박처럼 굳은 심
지는 못이룬 이야기가 되어 여운 깊은 메아리처럼 아궁
이 앞에서 소신공양하는 중에 살아온 삶의 향기가 가득
했다

봄날 1

　비바람 불어 꽃잎 떨어지더니 누워 뒹구는 꽃잎마다 멍울져 있구나 모질어 살아온 삶만큼 버거운 이들의 가슴에도 유사한 몽혼이 있으니 꿈길에서도 바리작거리다가 문득 멈춰서면 갈맷빛 그늘 아래 간들바람 불어올 거야

봄날2

어제는 된바람 불어 길가의 매화 꽃잎 털어내더니 오
늘은 따순 봄바람에 개울가의 능수버들 가지 하늘거리고
들녘에는 봄나물 어느새 새순을 키웠는지 나물 캐는 할
머니들 옹기종기 분주하다 나는 하루치의 일당에 쫓겨
황사 속을 서둘러 달린다

벽

아직 버티고 선 겨울은 작은 물웅덩이에 살얼음으로
동동거리고 한파에 코로나 광풍은 방한복 모자를 덮어쓰
고 마스크로 얼굴을 가려도 살갗이 아리도록 차갑게 파
고 든다 하루 벌어 하루를 사는 민낯의 얼굴들은 전염병
보다 더 무서운 추위와 배고픔에 일자를 찾아 손 내밀고
있는데 천장 치른 독수리 두엇 머리 위로 하늘을 맴돌고
있다

골목길

    골목길은 흙탕물 속처럼 앞을 분간하기 어려운데 어느 술 취한 이의 노랫소리가 허우적거리며 회색의 어둠을 밀쳐낸다 걷히지 않는 장막 홀로 서는 무대 주절대다가 악다구니치다가 노랫소리로 이어지면 끝나는 네 박자 가락도 비틀거리며 멀어지고 잠시 적요 속으로 들어선다

고군산군도

물고기 떠나간 바다에 다리가 섬마을을 잇더니 사람들
만 주꾸미 채비의 소라껍질처럼 줄을 잇는다 섬마을 포
구엔 갈매기 날지 않고 풍어를 빌던 어화대 신당도 허물
어져 그 흔적만 남아있다 할매바위 육지를 바라보고 사
람들은 바다를 바라보다 해지는 섬마을에 배는 떠나고
횟집의 네온빛만 화려한데 수조 속에선 멀리 남해에서
온 참돔이 고향 바다를 그리워 눈을 감지 못한다

벽시계

    주인이 떠날 때가 온 것을 아는 것일까 사무실 벽시계도 쉬려는 듯 초침을 깔딱거리더니 결국엔 멈췄다 돌아보니 나는 참으로 야박하고 매몰찬 주인이었다 겨우 몇 개월에 한 번씩 밥을 주고는 시간 시간 이것저것 해야 할 일 지침을 줄 때는 고마운 줄 모르다가 퇴근 시간이 되어서는 더디 가는 분침에 게으르다 투정하며 재촉을 해댔었다 벽시계에 새 건전지를 끼우고 멈춰있던 시간을 맞추며 토닥인다 미안하다

공원의 사계

　풀 내음이 코끝을 스치더니 노란 조끼 어린아이들 소풍 놀이를 한다 봄이 왔나 보다 연초록 나뭇잎새 파랗게 물들더니 그늘 밑 벤치 위엔 낮잠을 청하는 이들이 하나 둘 늘어간다 여름이 왔나 보다 부는 바람에 나뭇잎새 사각거리더니 감춰진 노란 모과며 빨간 산딸기 벙긋 샐쭉 웃으며 인사를 한다 가을이 왔나 보다 하늘 가린 먹구름에 싸락눈 흩날리더니 홀로 공원을 걷던 이도 어느새 사라지고 찬바람이 낙엽을 몰고 다닌다 겨울인가 보다 벌써 공원의 사계가 스치듯 다 지나가니 이제 정든 낡은 책상을 정리해야겠다 나도 떠나야 할 때가 왔나 보다.

김장

아랫집 윗집 동네 아주머니 모두 모여 김치 속 넣고 분가한 아들 며느리 딸 사위는 뒤치다거리로 부산하고 짭짤하니 간간하니 심심하니 말들은 많지만 김치 맛은 언제나 집안 어른의 손맛 입맛으로 결정할 일 새우젓 한 종지도 함부로 쓰이는 법이 없다 내리는 빗속에 사랑채에 둘러앉아 담는 김장은 배추속 만큼이나 구수한 덕담이 오가며 온 동네 손맛을 담아 일 년의 사랑을 알차게 채워 넣는다 언제나 그랬듯 올해의 김치도 천천히 익어가며 더 깊은 맛을 낼 것이다

대궁술

 늦은 저녁 반주로 마시는 술은 소주 한 병 그런데 늘
술병엔 반병의 대궁술이 남아있다 모자라고 김빠진 대궁
술은 비워진 만큼 채울 수 있어 좋고 톡 쏘지 않는 맛은
잘못에도 크게 나무라지 않는 어머니 같아서 좋다 하루
의 후회를 빈병에 채우고 하루의 아쉬움을 새 병에서 꺼
내 마시고는 내일의 약속을 반병의 대궁술에 남겨 놓는
다

신현갑 시인의 시편에 깃든 숨, 삶, 영혼이라는 정령의 범문(梵文)

박재홍 | 시인

애니미즘(animism)라틴어 숨, 생명, 영혼이라는 곳에서 발현을 했다. 해와 달 별 강과 같은 자연계의 사물과 불, 바람, 벼락, 폭풍우, 계절 등과 같은 무생물적 자연현상과 생물 모두에 생명이 있다고 보며 영혼을 인정하여 인간처럼 의식 욕구 느낌등이 존재한다고 생각하는 정령적 세계관을 말한다.

오늘날 사회적 가치를 통해 공유경제 공유재의 의미로 쓰이는 이러한 의미는 신현갑의 시 62편의 처처(處處)에는 충청권에 자생하는 정령사상이 깃든 민요의 풍(風)이 살아있는 사회적 가치를 가늠할 수 있고 그것이 시인의 특징을 드러내는 특정할 수 있는 세계관으로 봐도 무방할 것이다.

그의 삶의 의미는 대학 시절 노동운동의 현장에서 스스로에게 치열하였고 이제는 아내와 두 딸을 지키는 가장으로 장애인 활동을 돕는 이동지원 운전사로 근무하며 근로의 현장이 곧 그의 일관성있게 발현되는 작품에 내재된 사회성과 철학적 근원이라고 볼 수 있겠다.

또한, 그럼에도 불구하고 그의 작품 속에서 보여지는 서정성은 따뜻하고 맑은 영혼을 가지고 있음을 볼 수 있는데 이는 그가 틈만 나면 오르고 호흡하는 장태산 때문이 아닌가 싶다. 건강이 약해져 산을 탔고 타다보니 신마니는 아니어도 약초에 해밝은 식견을 가지게 되었고 이 작품집의 첫 번째 시심 속에 생태적 환경이 이끄는 목적의 삶이 정령사상에 가까운 서정성으로 깃들지 않았나 싶을 정도이다.

물들어 가는 단풍에 여름이 아쉽고 가을이 오는구나 고색의 마른 잎새로 겨울을 준비하자 숲은 제 순환의 방식대로 또 한계절을 보내고 다시 또 오는 계절의 채비를 한다 이 숲을 내려서면 시월의 첫날이다.
— 시월의 첫날(전문)

그의 시는 개인의 서정을 넘어 이웃의 아픔에도 직간접적인 행위를 통한 깊은 이해를 돕기도 한다. 동료 시인

의 딸래미 무덤의 벌초를 도우며 아래의 시를 썼다고 하
는데 이는 그의 시선이 어느 곳에서 깊은 이해로 녹아드
는지 잘 보여준다.

　　자식의 무덤가에 가시나무는 어찌 이리도 또 무성히 자라
났는지 어미의 가슴속에도 내내 뽑히지 않을 가시나무 한
그루 밑둥은 더 굵어지겠다 못내 서러운 엄마는 몇 날 며칠
을 덩굴가시 덮고 눕겠다

　— 가시나무(전문)

　신현갑 시인의 시가 사회성이 짙어질 때 비춰지는 강
렬함은 발현된 그 순간이 일체성을 이루는 동성상응(同聲
相應)의 불성의 서정성이다. 또 그의 시에 있어 눈길을 잡
고 놓아주지 않는 것이 있다면 한국전쟁 전후 대전 산내
골령골에서 자행된 민간인 학살 사건에 대한 관심이었
다. 특히 주말이면 유해를 발굴하는 곳을 찾아 자원봉사
를 하면서 이념으로 인해 슬며시 다녀가는 희생자의 유
가족들 간에 서린 묘한 팽팽함에 대한 이해와 내보일 수
없는 이념적 현장성으로 인해 묵은 시간 속에서도 애가
끓고 가시지 않은 현장성이 보여지는 시심(詩心)이다.

　　눈물을 보이지 않으려니 하늘이 대신 울어주고 있었다 맑
은 하늘 여우비 속에 눈물이 되어 흐르는 것은 빗물인가 땀

방울인가 제주에서 할아버지를 찾아 올라온 손자는 땀에 젖
어 한 벌밖에 없는 옷을 탓하고 그렁이는 눈망울에 신발도
신지 않은 여인은 훌쩍이며 바삐 이곳저곳을 뛰어다니고 있
었다 긴 장마의 시작을 알리는 6월의 골령골에는 또다시 하
늘을 원망하며 부서진 유골들이 행여 젖을세라 비설거지가
엄숙하기만 하였다
　　― 비설거지

　조각나고 깨져있고 총알 구멍이 퀭하게 나 있는 유해
가 나올 때마다 무너지는 마음이 이해당사자나 가족만이
아닐 것이다. 이것은 현대사적 문제의 현장임을 부정할
수 없을 것이다. 특정하여 목도하는 시인의 감수성에 끼
쳐지는 현장성이 잘 드러나는 작품이다.

　골령골에 숨은 뼈마디에 뿌리를 내린 하수오 그 잎새 살
았을 때 심장을 닮은 것은 무슨 까닭인가 놀라고 묻힌 이야
기로 슬픔이 너무 커서 살아남은 이들은 말없이 묵은 세월
을 되짚어 이리 더듬고만 있는데

　가해자가 없단다
　　― 골령골에 사는 하수오(전문)

위와 같은 작품은 골령골에 억울하게 죽은 민간인들의

원혼이 배인 하수오의 생명령이 시인의 정령사상을 잘 보여주고 완성도 높게 체화된 서정성이 돋보이는 작품이라고 할 수 있다. '가해자가 없단다' 라고 던지는 화두는 민족사적이거나 세계사적 집단 학살에 대한 분개가 자리하고 있는 것이다.

사람들이 가지고 있는 민간의 풍속과 농가일용(農家日用)의 모습은 그의 독특하게 일군 그만의 체화된 경험에서 빚어지는 전문성을 보여주는 시작도 보이기도 한다.

지난가을 다람쥐가 매달아 놨나 죽은 소나무 둥치에 귀신처럼 토실한 밤톨들이 매달려 있다 서너 개 따니 한 손엔 벌써 그득하고 코끝엔 솔향이 흠씬하다 차로 만들어 우려내면 집안에 솔내음 그윽하고 솔숲을 걷겠다
　　— 밤톨버섯

민간의 풍속과 일용을 담은 세시기류는 신현갑 시인만이 가지고 있는 독자성이라고 해도 과언은 아니다. 특히 이런 전문성에 가까운 경험치를 가지고 시적으로 승화시키는 시인은 드문 것이 사실이다.

그는 오늘도 의지대로 움직이지 않는 근육을 재활치료로 단련하며 유지하고 있다 지쳐가는 의지를 동료들과 함께 다

독이면서 하이 빅스비를 불러 자신을 관리한다 인공지능 빅
스비와 나누는 매번 안녕하세요 감사합니다의 반복에 장애
를 멍에처럼 짊어진 그에게 결기에 찬 생존으로 이끌며 점
점 더 굳어지는 손가락을 움직여 전동 휠체어를 전진시킨다
그의 등을 볼 때마다 그는 지금 사력을 다해 자유를 찾아가
고 있다는 것에 공감한다

　　— 나는 장애인 이동지원차량을 운전하는 운전사다

매일 그의 삶이 만나는 장애인에 대한 풍경 중 하나다.
살아온 삶의 여정이 일용직이었다면 그가 보는 사람들의
현재는 가장 낮은 곳에 사는 사는 사람들로 정해진 복지
지원의 코스 속에서 나름대로 살아내고 견디는 사람들에
대한 공감과 이해를 하고 있는 인간애가 보여지는 것이
신현갑 시인이 견디는 작품 속 하루의 '단단함'이다.

　　고사리 꺾으며 봄 따라 나섰는데 봄은 벌써 진초록 치맛
단 살랑거리며 저 먼 산등에 올라 서 있다 산 손님은 앞서간
봄에게 나뭇가지처럼 손 흔들다 흰 여울에 비친 세월만큼
조팝꽃 같은 흰머리에 애닮다

　　— 봄날은 간다(전문)

　　양지녘 무덤가에 하나둘 깃대처럼 새순을 올리는 고사리
하나를 끊으면 둘이 되고 둘을 끊으면 넷이 되고 밟을수록

뿌리 여무져서 결국에는 제 세상을 둔덕을 만드는 구나 민
중의 삶도 너와 같아 억압과 시련 속에 단련되어 기어코 함
께하는 세상을 꿈꾸며 봄날 여린 고사리를 꺾으며 더듬는
생각이 있다

　　— 고사리를 꺾으며(전문)

　사람이 살아온 날 수 만큼 긍정적일 수 있다는 것은 삶
의 질곡 속에서 내려놓은 과정의 지난한 시절이 있었을
것이고 '봄날은 간다' 이 한 편의 시가 신현갑 시인의 삶
의 태도로 독자들에게 공감대를 형성할 것이다. 스스로
를 사랑한다는 것은 물끄러미 자연에 순응하는 것이 아
닐까 라고 되묻는 한 편의 시다. 또 그의 시 처처에 자신
이 발굴한 장소들의 출연과 먹거리들이 드러난다. '고사
리를 꺾으며' 또한 그의 경험의 시적 체화가 자연에 가
깝고 건강하다는 것이다. 물아일체(物我一體)의 정령사상
의 본령이 만나진 생태주의적 사고와 이웃에 대한 따듯
한 시선에서 이 지역에도 생태주의 시인이 귀하게 나타
났다는 점에서 반갑다.

　햇살 따스운 월요일 아침 도심 속 공원엔 목련꽃 매화꽃
동백꽃 생강나무꽃 민들레꽃 온갖 봄꽃들이 활짝 일어났는
데 마스크를 쓴 사람들의 작은 어깨 위로는 코로나 바이러
스 이야기가 여전히 꽃샘추위처럼 맴돌고 일상처럼 또 한

명의 동료가 격리되었다 따뜻한 봄이 오면 더운 여름이 오
면 꽃보다 코로나

— 코로나19(전문)

나이가 들었나 봄바람 불더니 갈잎새 노래하듯이 얼음 밑
잠자던 피라미 떼를 깨웠나 보다 햇살 아래 한낮을 맑은 얼
음 장막 속 피라미 떼는 현란한 매스게임을 펼치고 봄맞이
향연을 벌이고 있는데 나는 봄에 취해 피라미 떼의 군무를
쫓으며 물풀처럼 양팔을 일렁거리며 놀고 있다

— 노루벌의 봄(전문)

팬데믹 사회의 공포가 휩쓸고 지나갔고 현재 진행 중
인 시점에서 사회적 공포가 일상의 해학처럼 만져지는
시 한 편으로 그의 현재는 긍정적 사유체계의 사회주
자로 명명하면 되겠다. 뿐만 아니라 세월의 깊이에 따라
자연에 이르는 그의 심경이 참 맑다는 점이다.

한적한 시골 마을 오솔길 옆에 뿌리 내린 하수오 길가에
나래비 선 박주가리들 벌써 울타리를 타고 하늘을 오르는데
너는 정작 덩굴손 하나 걸칠데 없어 땅바닥을 기고 있구나
장삼이사처럼 박주가리와 섞이고 땅바닥을 기며 살아온 네
깊은 뿌리 알알이 굵게 영근 것은 이제껏 한번도 열매 맺지
못한 슬픔이 심지되어 주저앉은 것인가 언젠가 맑게 될 잘

익은 술 향내 속에서 그 답을 들을 수는 있을까

— 하수오(전문)

이력서에 자격증 하나 더 얹어 구색 갖추고 자소서에 성
실하게 살아온 인생 강조하고 입사 후 포부란에 시키는 일
열심히 잘 하겠다가 다녔던 서류를 살피며 뒤적인다 오늘도
출근하듯 찾은 고용노동부 홈피에는 코로나 팬데믹으로 실
업 이야기가 가득하고 습관처럼 켠 TV뉴스에선 노란 옷의
신자유주의 수호자들이 마스크로 얼굴을 가린 채 제3차 재
난지원금 지급을 설파하고 있다

— 실업자의 하루(전문)

서산에 지는 해 붉은 눈물 방울을 떨구며 산등선을 검붉
게 적시고 저녁 범종소리도 온산을 울리며 떠도는 원혼을
달래듯 숙연한데 핏빛으로 물드는 골령골 골마다 감춰진 억
울한 죽음 침묵으로 일관하던 입을 열어 노을이 바람을 통
해 전해주듯이 전모가 드러났다

— 골령골 이야기(전문)

늦은 저녁 반주로 마시는 술은 소주 한 병 그런데 늘 술병
엔 반병의 대궁술이 남아있다 모자라고 김빠진 대궁술은 비
워진 만큼 채울 수 있어 좋고 톡 쏘지 않는 맛은 잘못에도
크게 나무라지 않는 어머니 같아서 좋다 하루의 후회를 빈

병에 채우고 하루의 아쉬움을 새 병에서 꺼내 마시고는 내
일의 약속을 반병의 대궁술에 남겨 놓는다

　— 대궁술(전문)

　신현갑 시인의 시편에 깃든 숨, 생명, 영혼의 편린이
가득한 시어들을 살펴보았다. 그가 만나는 해, 달, 별,
강, 사물과 불, 바람, 벼락, 폭풍우, 계절 등에 비춰지는
자연현상과 생물(동·식물) 모두에 생명이 깃들어 있다는
것을 작품집 처처에 드러내고 있다. 이는 정령사상에서
비춰지는 점풍(占豊)과 주술과는 다른 신현갑 시인만의
언사를 통한 체화된 정령사상의 발현이 빚어내는 생태적
시편이고 사회적 가치와 공유재로서의 자연주의 사상에
가깝다고 볼 것이다. 이렇듯 신현갑 시인만이 갖는 독자
성을 통해 충청지역의 자연주의적 생태시학적 측면에서
새로운 방향성을 제시했다는 점에서 신현갑 시인의 첫
개인시집의 의미는 창의적이고 역사성에 기인한 서정성
의 시집으로 특정할 수 있을 것이다. 앞으로 시인의 가야
하는 길이요 방향성을 향해 한걸음 내어딛는 백척간두진
일보 시방세계현전신(百尺竿頭進一步, 十方世界現全身)의 세
상이 아니고 무엇이겠는가.

2022 장애인 창작집 발간지원 사업 선정 작품집

골령골에 사는 하수오

1쇄 발행일 | 2022년 12월 20일

지은이 | 신현갑
펴낸이 | 정화숙
펴낸곳 | 개미

출판등록 | 제313 – 2001 – 61호 1992. 2. 18
주소 | (04175) 서울시 마포구 마포대로 12, B-103호(마포동, 한신빌딩)
전화 | (02)704 – 2546
팩스 | (02)714 – 2365
E-mail | lily12140@hanmail.net

ⓒ 신현갑, 2022
ISBN 979 – 11 – 90168 – 54 – 0 03810

값 10,000원

발행기관 | 장애인인식개선오늘 **(042)826-6042**
주최 | 장애인인식개선오늘(고유번호 305-80-25363. 대표 박재홍)
주관 | 대한민국 장애인 창작집필실
심사 | 발간지원 사업 심사위원회
후원 | 대전광역시, 대전문화재단, 갤러리예향좋은친구들, 문학마당, 한국장애인
　　　문화네트워크, 드림장애인인권센터, 대전광역시버스사업운송조합, (주)맥
　　　키스컴퍼니, (주)삼진정밀

문의 | (042)826-6042